TRAVESÍA 41 DÍAS

Ruby Gómez

PAGE PUBLISHING, INC.
Conneaut Lake, PA

Primera publicación original de Page Publishing 2020

ISBN 978-1-64334-765-3 (Versión Impresa)
ISBN 978-1-64334-763-9 (Versión electrónica)

Libro impreso en Los Estados Unidos de América

El 31 de octubre del 2014 salimos de la casa donde vivíamos en la ciudad de Quito, Ecuador siete personas incluyendo una niña de 3 años rumbo al sueño americano... Mi esposo, mi hija, mi cuñado (esposo de mi hermana) el hermano, la mamá, el padrastro y yo... Resulta que yo nunca estuve de acuerdo con atreverme a esa travesía donde cruzaríamos ilegal por ocho países hasta llegar a Estados Unidos, pero en la situación en que vivimos no era la mejor y si lográbamos llegar pues sería todo mucho mejor y más para el futuro de mi hija, ya que al ser ciudadanos cubanos nos daban muchos beneficios pisando tierras americanas pidiendo asilo, refugiados políticos bajo el gobierno de Obama. Entonces, en un abrir y cerrar de ojos, pues me monté en aquel carro camino al primer país para cruzar (Colombia) dejando atrás toda mi vida, mis pertenencias, mi familia...

Colombia

Salimos en la tarde casi noche y nos pasamos muchas horas en carretera hasta llegar a la frontera de Ecuador con Colombia. En plena madrugada nos trasladan los coyotes que nos movían hacia una camioneta de Policía. La primera experiencia rara y tipo película en que me enfrenté. Estábamos totalmente oscuros en la parte de atrás de la camioneta hasta que en unas horas llegamos a una casa donde nos recibieron otros coyotes (ya en Colombia), ahí nos reunieron junto a otras veinte personas más (todos cubanos). Teníamos hambre y asustados pues fue lo primero de todo lo que nos esperaba. Finalmente, llega una guagua donde nos montan a todos los cubanos que estábamos ahí en esa casa para seguir el rumbo hacia el siguiente país.

Nos dieron a esa hora de la madrugada unos pollos fritos y unas líneas de celular con un número por cada grupo para comunicarnos con el siguiente coyote que nos cruzaría a Panamá. Resulta que nos paran unos policías y nos piden identificación a todos, y al saber que éramos cubanos, pues nos amenazaron con deportarnos para atrás escoltados con patrullas; la otra opción era pues sobornarlos... Mi esposo les dijo a los policías que no lo íbamos a hacer, porque si aceptábamos a uno pues vendrían muchos más por todo el camino, ya que ellos se podían avisar por el *walkie talkie* o al menos no pagar la cantidad que ellos pedían que era 40 $ por cada persona, pero todos cogieron miedo incluyéndome yo, y pues solo no podía ganarle a los policías. Entonces accedimos a dar por cada uno 40 dólares y nos dejaron seguir el paso.

Como mi esposo dijo, nos pararon más de diez policías por todo el camino hasta el último que fue al mediodía en el medio de la ciudad de Cali... Nos pidieron mucho dinero y eran ya polis de migración, pero nos pusimos a pensar y nos dimos cuenta de que el chófer de la guagua estaba prestado, o sea, parece que llamaba o hacia cambios de luces para que nos pararan.

Y aquí esta otra dura experiencia. Como nos negamos a no darle el dinero a esos polis, pues nos estaban trasladando escoltados a la Estación de Policía de esa ciudad, y en el medio de una roja de semáforo, amenazamos al chófer con que nos abriera la puerta para escaparnos y le dijimos un millón de cosas por soplón hijo de... Plenas 12 del día, veinte cubanos corriendo por la ciudad de Cali, Colombia, sin saber dónde escondernos. Mi hija estaba dormida en la guata con un culero puesto, porque había mucho calor y así mismo la tuve que bajar con desesperación. Sentíamos sirenas por todas partes, nos separamos los veinte cubanos, nosotros los siete por suerte juntos. Los hombres nos dejaron en un restaurante casero pequeño y humilde, y ellos salieron a ver si podían encontrar a alguien más y hacer un plan para ver que podíamos hacer.

En ese restaurante pudimos comprar comida hasta que llegaron los hombres con tres personas más de los que venían. Averiguaron que estábamos más que buscados por todas partes, salimos en las noticias que veinte cubanos se fugaron de la Policía y estaban al tanto de todas las terminales, taxis, etc. Entonces, por suerte, yo me pude quedar con la línea de teléfono que me habían dado y mi esposo compró un celular sin gas, o sea, no podían rastrearnos y botamos el mío.

Nos comunicamos con el muchacho que nos estaba esperando. Era un muchacho joven y amable. Nos llevó para su casa donde vivía su familia súper humilde y educada. Nos dejó bañarnos y nos compró pizza; además, salió por toda la ciudad a buscar al resto de los cubanos y resulta ser que los encontramos excepto a cuatro. Dos de ellos se entregaron y dos los cogieron y los deportaron. Pues nos reunimos en la casa del muchacho y en la noche salimos rumbo a Panamá. Obviamente, tuvimos que pagar de nuevo lo que ya habíamos pagado por ese viaje y más todo lo que perdimos en el camino, en total gastamos como tres mil dólares que era lo que llevábamos con nosotros porque el resto del dinero yo se lo había dejado a mi mejor amiga en Ecuador para que me lo fuera enviando poco a poco.

Estuvimos casi dos días para llegar a la frontera con Panamá, Colombia fue uno de los países más largos, pero ya este último viaje en una Van blanca que era del muchacho no nos paró nadie, aunque el camino estuvo peligroso y él manejaba súper rápido. Estaba súper oscuro y lleno de barrancos.

Llegamos a un pueblo donde nos recogió otro coyote que nos cruzaría a Panamá en bote. Como llegamos muy de noche, nos dieron una colcha para acostarnos en el piso y a las 4 a. m. nos darían el de pie para cruzar porque tenía que hacerse antes del amanecer. Primero, teníamos que pagarle ese viaje, pero ya a nosotros se nos había acabado el dinero *cash*, yo lo tenía que sacar de un cajero y me arriesgué a salir en una moto con uno de ellos para el pueblo céntrico y sacar el dinero. Yo iba muy aterrorizada, pero por suerte no salió nada mal, el muchacho me mostró el pueblo fue amable y me regresó, me invitó a dar un paseo a la playa, obviamente le dije que no y él me lo respetó, y fuimos directo a la finca. El pueblo se veía super alegre, lleno de gente humilde, era como un pueblo de campo lleno de música.

SEGUNDO PAÍS

Panamá

Cuatro de la mañana, nos montan en una lancha rápida, nos ponen salvavidas y nos advierten que cada vez que la lancha saltara pues saltáramos también para que no nos diera duro. El viaje duraría dos horas y media. La mamá de mis cuñados por lo de la lancha tan rápida y saltando que iba, se lastimó la columna vertebral que, no podía ni pararse y tenía un dolor horrible. Al llegar a las orillas de una montaña que del otro lado estaba la playa de Puerto Baldía, Panamá, nos pasan para un bote más pequeño para poder llegar a tierra, pero ese traslado tenía que ser más que rápido porque aún estábamos en aguas colombianas y ya los guardias fronterizos estaban pisándonos los talones.

Llegamos a tierra y tuvimos que subir una loma súper empinada y cubierta de lodo porque al parecer había llovido. Al subir tuvimos que en el camino ir dejando cosas que traíamos en las mochilas para poder alivianar la subida. Ayudamos a un hombre medio obeso y súper blanco que ya estaba rojo el pobre, porque traía muchas cosas y si no se apuraba pues lo atrapaban los policías que venían atrás. Nos hicimos muy amigos de él y perteneció al grupo de nosotros; entonces ya éramos en la familia ocho. Lo nombramos el Gringo.

Al ayudar al Gringo, pues la mitad del grupo nos dejó atrás, y como el guía estaba adelante, pues no sabíamos por donde coger porque el camino estaba confuso. Entonces, mi esposo y uno de mis cuñados fueron más adelante para ver si podíamos seguir bien y que no nos pasara nada y nosotros aprovechamos y descansamos un poco.

Por suerte, encontraron la salida que el final era una playa hermosa casi virgen. Como todo lo que sube tiene que bajar, así de empinada tuvimos que bajar con una mata grande en las nalgas y sentados como cuando jugábamos en cuba a las chivichanas en loma y deslizáramos hacia abajo hasta llegar a la playa. Yo sufriendo otra experiencia más al ver que mi hija estaba pasando por todo esto, pero por suerte ella con 3 añitos solo veía esto como un juego, incluso las persecuciones, la montaña, el mar, la finca, todo le resultaba un juego; me decía que estaba en un campismo y a mí me daban más ganas de llorar, pero tenía que ser fuerte porque ya no había vuelta atrás.

Al llegar a la playa, todos pensamos que llegamos al paraíso, era tan hermosa, parecía hasta virgen; nos mandamos a correr y nos metimos en el agua gritando y riéndonos. Los panameños de ese pueblo nos recibieron felices brindándonos agua de coco y dándonos ánimos diciéndonos: "Ya están coronados". En eso vinieron unos guardias de migración, nos sacan del agua y nos reúnen con el resto del primer grupo que nos había dejado. Panamá es uno de los países que le dan salvoconducto a los inmigrantes. Es un documento que deja estar legalmente por unos días en el país y así da oportunidad de que los emigrantes sigan su camino, pero el requisito para recibir ese documento era estar 7 días en una isla llamada Puerto Baldía, para poder recibir dinero era por vía Wester Union y solo había una persona que lo hacía en aquella isla. No había luz eléctrica, solo dos o tres casas, pero estaban llenas y además caras.

O sea, teníamos que dormir en el piso por 2 dólares la noche y sin luz, solo veíamos con la luz del día y tomando agua del tiempo, cocinábamos con leña el arroz y la proteína era una lata de Spam que era la más barata porque hasta el huevo era muy caro; como no teníamos dinero, porque había una cola enorme para los envíos, pues nos las vimos negras. Tanto así que yo exploté y fui a donde la Estación de Policía y le supliqué llorando a un teniente que no podría estar ahí los 7 días, que se apiadara de la niña y que nos hiciera los papeles lo más rápido que pudiera porque ni siquiera dinero teníamos, pero el teniente no podía hacer nada, ya que si me lo hacía a mí se enterarían todos y se formaría una revuelta, y respecto al dinero parece que se entristeció y nos dio 10 dólares para que al menos pudiéramos comer ese primer día.

Los días pasaban y nos acostumbrábamos más a las noches. Por el día los hombres jugaban al futbol, nosotras chismeábamos y caminábamos por la isla para conocerla, mi hija se hizo muy buena amiga de una niña que vivía ahí y se la pasaba jugando en su casa. La familia de la niña era la dueña de la panadería de la isla y le daba pan a cada rato recién horneado y, lo mejor de todo, "agua fría porque hacían hielo para vender".

Ya cumpliendo los 7 días nos dieron el documento y entonces había que pagar una avioneta de 9 o 10 plazas para viajar a la Ciudad de Panamá. El gringo tenía dinero *cash* y, por suerte, nos confió y nos pagó el viaje a los siete y en la Ciudad de Panamá le devolveríamos el dinero. Cuando salimos del aeropuerto en la ciudad pues el siguiente paso era viajar en autobús legal, porque ya teníamos papeles y lo primero era conseguir un Western Union para que mi mejor amiga me enviara dinero. Entonces fuimos al centro comercial más cercano del aeropuerto y que abajo del *mall* estaba la terminal y así nos ahorraríamos viajes. Necesitábamos diez mil dólares en total, por lo que debíamos y por lo que nos hacía falta para pagar los siguientes viajes, pero por Western no se podía enviar esa cantidad y mucho menos recibirla nosotros, que lo que teníamos era únicamente el salvoconducto y un pasaporte cubano (o sea, no éramos residentes de Panamá) y esos eran los requisitos. Entonces como locos empezamos a preguntarles a desconocidos que andaban por el *mall* si podían hacernos el favor de cobrarnos el dinero a nombre de ellos y no solo una persona, sino varias porque tanta cantidad no la dejarían enviar.

En fin, solo dos personas nos hicieron el favor. Un señor de mediana edad, obviamente al principio estuvo indeciso porque, al vernos con las ropas en las que andábamos y pidiendo tan semejante favor, pensaría en que era lavado de dinero o cualquier cosa ilegal y estaría su nombre registrado, pero por suerte existen gentes buenas aún en este mundo y lo hizo, nos cobró 2500 dólares. La otra persona fue una señora igual de mediana edad con una niña pequeña de unos 9 años que, de hecho, ese mismo día cumplía años y parece que al verme a mí con mi hija pequeña igual se apiadó y aceptó, y también nos cobró 2500 dólares.

Por supuesto, que a cada uno le dimos un regalo de 500 dólares cada uno por agradecimiento. Entonces, nos faltarían otros 5 mil dólares más, pero fue todo un día rogándoles a cada persona ese favor que era demasiado difícil y corrimos con suerte de que dos aceptaran. Pero mi mejor amiga se le ocurrió una idea, el esposo tenía amigos en Panamá y por suerte los 5 mil dólares que faltaban nos lo pudieron alcanzar al centro comercial y después ella le enviaría sin problemas, pero como fue un largo día pues ya los pasajes serían para el día siguiente, tuvimos que buscar hospedaje para dormir esa noche. Al día siguiente fuimos directo a la terminal de bus y nos montamos sin problema destino a la frontera de Panamá con Costa Rica. Fue un camino bueno y sin problemas ni persecuciones, y súper rápido, duró unas 12 o 14 horas.

TERCER PAÍS

Costa Rica

L legamos amaneciendo a la frontera y ya estaban en el lugar de Migración otros cubanos que habían llegado antes, y nos convertimos como en ochenta cubanos en la frontera, incluyendo a cuatro niños de la edad de mi hija. Entonces le daban prioridad a los primeros que llegaban. De momento, nos llaman a mí y a las otras tres madres más que había allí y nos dicen que nos tenían que llevar con nuestros hijos a otra Migración para conversar acerca del viaje que habíamos hecho hasta ese día y ver si los niños no tenían trauma.

Resulta ser que nos querían convencer de no pasar y no seguir la travesía porque los siguientes países como Honduras, Nicaragua y El Salvador eran extremadamente peligrosos y se dedicaban algunos grupos de esos países a asaltar y violar, y, sobre todo, a vender órganos, sobre todo de niños. Yo me traumaticé, pero qué se suponía que hiciera si ya estaba supuestamente a mitad de camino y si volvía atrás todo habría sido en vano.

Al contarle a mi esposo y familia me dijeron que no me preocupara, que estábamos juntos en esto y que a la niña no le iba a pasar nada. También hablé con las demás mamás y me dijeron que ellas iban a seguir su camino. Entonces, dimos la firma para que nos pudieran dar el salvoconducto de ese país, pero la condición era que teníamos que dejar los pasaportes de nosotros, o sea, andaríamos sin documentos oficiales, solo con el salvoconducto de ese país. Dijimos que sí sin pensar en las consecuencias, porque lo vimos fácil.

No quisimos dormir en ese país, solo pagamos una habitación para poder bañarnos y hacer un plan del siguiente rumbo. En el motel que nos hospedamos durante el día había diferentes personas de diferentes bandos de ahí de Costa Rica, vendiéndonos guías de viaje (o sea, del resto del viaje); eran como agencias y pues nosotros decidíamos con quien nos iríamos. Escuchamos muchas opciones, pero nos llamó la atención una que nos llevaba desde ahí con comida, transporte y alojamiento incluido hasta la frontera de Estados Unidos, pero demasiado caro lo vimos a pesar de haber escuchado que eran famosos en eso y tenían experiencia. Había otro bando que fue por el que nos decidimos, que era muy parecido al de grupo caro, pero más económico y pues novatos al fin nos mordió y escogimos a ellos.

Viajamos esa misma noche en una Van, porque éramos pocos y nos dieron comida. Llegamos en la madrugada a una casa en la frontera de Costa Rica con Nicaragua. Estaba bien alejada de todo esta casa, y sin camas, llena de polvo, como abandonada. Ahí nos encontramos a muchos más cubanos, ya éramos como cien y teníamos que esperar a que el coyote de la parte de Nicaragua nos recogiera en la madrugada. El viaje fue de pocas horas también y, bueno, sin problemas tampoco, ya que Costa Rica es un país pequeño y lo atravesamos en horas.

CUATRO PAÍS

Nicaragua

L lega el coyote que nos trasladaría por una montaña que duraría de dos horas a tres, caminando por la selva. Aquí les voy a contar la peor de mis experiencias, la que no le deseo ni a mi peor enemigo...

A las 5 a. m. nos sacan casi sin ver, y dando unos cuantos pasos, nos empiezan a gritar y a decir que viráramos para atrás, con mucho desespero corrimos de nuevo a la casa. Media hora después nos vuelven a sacar, aún era de noche. Cuando llegamos adentro de la selva, al principio ya había amanecido, el grupo de los casi cien cubanos se detiene porque los coyotes con dos escopetas de fuego nos amenazan con que le diéramos todo el dinero que traíamos arriba y nos separaron a las mujeres por un lado y a los hombres para otro. A mí me dio tiempo en esconder 200 dólares dentro de mi parte íntima y los demás de mi familia también lo pudieron esconder, solo al padrastro de mis cuñados le quitaron porque se lo encontraron y a muchos de ellos les quitaron hasta 2000 dólares; a otros tenis y ropas los dejaban casi en cueros. A uno de mis cuñados le quitaron un rosario que traía en el cuello que tenía baño de oro, él se lo arrancó con unos deseos de matarlo, tanto que se rompió y se lo tiró en la tierra.

Hubo un hombre que se les enfrentó, y como todos se acobardaron, lo dejaron solo y el coyote le apuntó con la escopeta y le dijo: "Si no quieres dar nada, pues salga para la carretera para que lo coja el Policía y lo deporte"; y así les gritaba a todos para el

14

que quisiera hacerlo también. Ese hombre muy valiente estaba con su esposa embarazada y no aceptó darle nada y dijo que sí se iba a entregar, que prefería eso antes de pasar por esto y lo siguieron cuatro más. El resto del grupo, al terminar el asalto, pues ellos se fueron y dejaron a un coyote que, supuestamente no sabía del asalto y era el guía que nos guiaría por la selva hasta llegar al otro lugar.

Continuamos por mucho tiempo, ya el agua se nos agotaba y sin comida desde las 6 a. m., y ya eran las dos de la tarde y aún estábamos en la selva. Paramos en un río y el coyote nos dice que descansáramos porque teníamos que esperar a una señal, porque en la salida estaban policías esperándonos y no podíamos salir porque nos arrestarían. Pasaron como tres horas más, yo me empecé a impacientar, mi hija estaba tomando agua de río y sin comer nada, y en el medio de una selva; era de locos.

Yo había escondido bien el celular que tenía para llamar al contacto del grupo principal y lo llamo y le cuento, y me dice que le pase al coyote, pero cuando lo veo conversando veo que tiene cara de mal hombre, y como que no me cuadraba toda esta espera que estábamos pasando. Cuando vuelvo a coger el teléfono me dice que me espere que ya estaban en camino con comida y agua, que no me desesperara, pero ya estaba oscureciendo y empezamos a sentir ruidos arriba de los árboles. Eran monos (o gorilas), eran unos ruidos espantosos, parecía como que estaban marcando territorio y a mí ya me estaba dando un ataque de nervios entre que estaba oscureciendo y la espera más los monos.

Uno de mis cuñados estaba en un espacio lejos del grupo para poder hacer pis y por suerte ve a lo lejos a muchos hombres enmascarados y armados caminando sigilosos hacia nosotros, y por suerte, a él le dio tiempo a avisarnos a todos y eso se convirtió en una corrida de toros. Mi hija estaba cerca de los asaltantes y, mientras que todos corrían hacia la salida, mi esposo y yo corrimos para recuperar a la niña. Por suerte, mi esposo la cargó y yo pude coger mi cartera donde estaban los documentos y nos mandamos a correr. Yo le gritaba a mi esposo que me dejara y que corriera él para que pudiera sacar a la niña. Sentimos el rastrillo de las armas justo detrás de nosotros y nos gritaban que nos detuviéramos, pero nosotros seguimos. Hubo muchos que el nervio los traicionó y se quedaron en el lugar, y uno de los padres de uno de los niños dejó a la esposa con el niño y se mandó a correr. Recuerdo que al salir de todo aquel bosque lleno de ríos y de árboles, salimos como a un valle y teníamos que atravesar una cerca de pinchos donde uno de mis cuñados y yo nos trabamos, y en ellas y faltó poco para que nos atraparan, pero por suerte mi esposo viró para atrás y nos destrabó y pudimos salir. Después del valle, antes de salir a la carretera, había una propiedad donde estaba una señora mayor con un arma y solo nos dejaba pasar si le dábamos dinero; obviamente, le dimos y seguimos corriendo hasta salir a la carretera. Afuera nos estaba esperando la gente del Ejército de Nicaragua con armas, porque la verdad que ver salir del bosque en la noche a muchas personas huyendo, gritando y desesperados, pues sí que asusta y es para alarmarse.

Los asaltantes pudieron secuestrar los tres niños con sus mamás y dos padres, y uno de mis cuñados con mi esposo les quitaron las armas a dos tenientes para entrar de nuevo al bosque y acabar con ellos porque los del Ejército decían que no podían entrar porque era propiedad privada y sin una orden era imposible. Al ellos ver que nosotros con desesperación le decíamos que había hasta niños adentro, y mi familia, al quitarle las armas hicieron conciencia y detuvieron a mi esposo y cuñado y entraron. Por suerte, recuperaron a todos los de adentro y nosotros afuera descubrimos un carro blanco con una de las personas que pertenecía al vandalismo y lo pudieron atrapar.

Todo se pudo calmar en la unidad ya, con el grupo completo de cubanos, y antes de tomar declaraciones y saber que pasaría con nosotros, nos muestran a uno de los que atraparon para que lo reconocieran. Yo me ofrecí, tenía a la niña en mis brazos y cuando me fui acercando al delincuente con el teniente que lo tenía detenido, sin pensarlo dos veces, le meto una galleta muy fuerte y sin soltar a la niña y gritándole cosas por malos hijos de... por habernos secuestrado durante horas sin agua ni comida, más los asaltos teniendo en cuenta que en ese grupo había niños.

El jefe del ejército era una persona arrogante, ya que estaba de acuerdo con el socialismo y el gobierno de Fidel Castro (Cuba), y sin darnos opción, nos decía que no lo hiciéramos difícil y de buena fe nos montáramos en camiones de ellos para regresarnos para atrás. Yo, de un momento a otro, me hicieron líder de ochenta cubanos porque al momento le dije que no, que cómo podría estar de acuerdo con un gobierno donde personas como nosotros a diario emigraban con niños hasta más peques que la mía, que lo único que queríamos era que nos diera un salvoconducto, que no queríamos quedarnos en su país, que solo nos diera unos días para poder seguir avanzando, y, como tenía la cabeza tan caliente, a los niños les ofreció comida y yo dije que haríamos huelga, que ningún niño comería; total, llevaban más de 12 horas sin comer, por otra más no pasaría nada.

Ellos llamaron a la Policía del estado y se trancan, y cuando salen, me llaman a mí para hablar por todos ellos y si uno solo de todos los cubanos decidía virar para atrás, pues entonces nos montarían a todos a la fuerza. Yo me arriesgué, acepté hablar por todos y dejé dicho que por favor que todos estuviéramos en la misma línea y que no fallaran. Entonces, al entrar a la oficina con todos aquellos guardias y tenientes, y yo solita hablando por todos, pensé que me pondría nerviosa, pero al parecer todas las experiencias que había pasado en esta travesía lo que me hacían era más fuerte y más segura. Les dije que nadie se retractaría y que, para que supieran, teníamos a varios de nosotros con teléfonos escondidos grabando para enviarlo a familiares que teníamos en Estados Unidos con el maltrato y la huelga hacia ellos, y después de haber pasado en territorio nicaragüense (o sea, el de ellos) no sería justo tratarnos así y deportarnos. Lo mejor sería que nos dieran el documento y así olvidarnos de lo sucedido y no denunciarlos.

Realmente hasta yo me sorprendí de como hablé y las palabras tan fuertes que les dije a personas tan importantes, pero resultó. Ellos pudieron aceptar el trato, pero con la condición de que estuviéramos presos en una cárcel migratoria en la ciudad del país por 3 días para poder resolver los pasaportes que teníamos que sacar nuevamente, porque sin documento oficial no nos dejaban. Al llegar a la ciudad, nos dijeron que los niños no podían estar en la misma prisión y que tenían que estar en un lugar de la misma migración los 3 días. Yo les dije que primero muerte si me quitaban a mi hija, las demás mamás también dijeron lo mismo y entonces nos dijeron que entonces nos consiguiéramos un hotel y que ellos no se hacían responsables de nosotras y que afuera estaban las bandas de los peligrosos asaltantes, que solo una Van de migración, nos recogería para ir a la embajada y hacernos los pasaportes.

Pasaron los tres días, pudimos hacernos los pasaportes (en las fotos parecíamos unos prisioneros) y pues logramos hacernos los pasaportes y los salvoconductos. El bus de migración nos llevó hasta otro pueblito y de ahí entonces nos bajamos para seguir con coyotes para que siguieran pasándonos de país en país. Pero nosotros decidimos no seguir con más ningún coyote y seguir adelante nosotros mismos, y entregarnos como todos los demás y que nos dieran el salvoconducto en cada país que nos faltaba.

Pues, nos comunicamos por redes sociales con amigos anteriores que habían pasado por esta travesía para que nos ayudaran a saber por qué vía coger.

Para poder cruzar a Honduras había que caminar por una selva también y era necesario contratar al menos un coyote dentro de la selva para que nos guiara, pero que se podía resolver dentro del mismo campo. Entonces, cogimos un tapiara que nos llevara hacia la frontera, el taxista tenía el rostro marcado de una parte de la cara como quemaduras graves, tenía la mitad del rostro comido y era muy desagradable verle y en plena madrugada. Yo, de momento, empecé a llorar, pero mucho, mucho, presentía que nos iba a pasar algo en plena carretera tan desolada con ese hombre. Tan mal me puse, que tuvieron que parar nuestro carro y como cinco carros más de cubanos que también como nosotros decidieron no coger coyotes y seguirnos.

Como nos detuvimos tanto tiempo para ver que me pasaba, llegó la Policía y nos pidieron documentos. Nos llevaron a todos para la estación de la frontera para revisar si los documentos eran legítimos. Una vez que revisaron todo, nos dijeron que menos mal que nos detuvimos porque ellos estaban vigilando a un cartel que anda por ahí asaltando y poniendo pinchos en las carreteras, y sabrá Dios para que más querían asaltar, porque eran carteles peligrosos que no solo se conformaban con dinero. Yo me decía que, por Dios, gracias a Dios mi abuela me alumbraba tanto y me dio la luz de sentir esa sensación mala y poder parar.

Nos hospedamos en un motel cerca a esperar a que amaneciera y entonces avanzar, pagarles a esos taxistas y más nunca verlos porque yo juraba que ellos serían cómplices de algún ataque.

QUINTO PAÍS

Honduras

Al llegar a la misma frontera donde empezaba la finca aquella donde había que atravesar, nos bajamos de un camión que habíamos cogido y nos mandamos a correr hacia adentro, pues los policías fronterizos estaban mirando, estaban muy de cerca, pero no nos pudieron atrapar porque una familia que había dentro de la finca nos dejó que entráramos en su casa para escondernos hasta que la Policía se fuera.

Ahí mismo nos encontramos a las personas que podían pasarnos por la selva y el río hasta llegar al otro lado. Mi esposo y los demás que veníamos en el grupo, compraron cuchillos grandes para que, si nos asaltaban, pudiéramos defendernos. Uno de los coyotes estaba en caballo y, como estaba tan sucio y lleno de fango la selva con bichos, etc., le ofrecieron a mi esposo que la niña podía montarse y yo me alteré y cogí dos pedazos grandes de piedras y les decía gritando que estábamos todos armados. Mi esposo me tranquilizó y le dijo al muchacho que si le podía dejar el caballo para el montarse con su hija y le dio un dinero extra.

Íbamos por el camino hacia un pantano y yo me trabé en él, no podía ni moverme y gracias a uno de los coyotes pude salir. La verdad es que todo lo que decían de Honduras fue todo lo contrario; nos ayudaron, fueron amables, el camino fue hasta ameno. Cuando terminamos la selva todo el grupo le regalaba cosas como gorras, gafas de sol, lo que podíamos.

Nos hospedamos en un hotel de 1 estrella cerca de la frontera de Guatemala para descansar y decidir como seguiríamos, porque el resto del grupo de los que no éramos familia ya no querían seguir a rumbo solos, querían de nuevo contratar a un equipo de coyotes para terminar hasta el destino final. Nosotros teníamos un amigo en Guatemala y lo llamamos para que pudiera conseguirnos una persona de confianza para que nos recogiera en la frontera. Logramos encontrarnos con el muchacho y nos llevó hasta el final de Guatemala que era la frontera con Tapachula, México.

SEXTO PAÍS

Guatemala

Estuvimos todo un día en carretera hasta llegar a un hotel barato también cerca de la frontera con México. El amigo de nosotros nos advirtió que los policías de Guatemala eran un poco rudos respecto a los ilegales, así que tendríamos que tener cuidado en no llamar la atención, incluso en el hotel, ya que nuestro amigo había dado toda su información y ocupábamos tres habitaciones.

Abajo del hotel había como un café grande donde vendían dulces, cafés, refrescos y pequeñas cosas para picar, además, había también un mini parque adentro con tubos. Todas las mañanas bajaba con la niña y nos pasábamos un rato agradable. El primer día tuve que ir a unos vendedores ambulantes frente al hotel para poder comprar abrigos, esa parte donde estábamos en Guatemala era súper fría y no teníamos nada de ropa, incluso no teníamos tampoco tenis, andábamos en chancletas. Estuvimos ocho días en el mismo hotel sin poder movernos a ninguna parte, incluso, para comprar comida nos la tenía que traer nuestro amigo, ya que en la noche era más peligroso porque pasaban los guardias. En las tardes nos reuníamos para conversar sobre cómo llegaríamos a México.

Teníamos muchas ideas, todas diferentes y nadie estaba de acuerdo, terminábamos las tardes hasta peleando entre todos; fue una etapa horrible para nosotros. Mi cuñado se enfermó con una fiebre súper alta, se le empezó a caer el pelo y a mí se me llenó la piel de ronchas por el estrés, fue horrible.

Una de las ideas era pagar como diez mil dólares por cada uno, nos recogían en una avioneta particular y nos dejaban en la frontera con Estados Unidos, otra era entregarnos en Tapachula (México) y, si corríamos con suerte, nos daban como en otros países. Pero, aunque peleáremos entre sí y habían muchas opciones, al séptimo día finalmente coincidimos en que eran estupideces todas aquellas opciones suicidas y que la mejor era llamar a un grupo del que todos hablaban que era seguro, que desde países atrás nos los ofrecieron, que por caro no lo cogimos pensando que sería más fácil. Nos comunicamos con aquel grupo y nos dijeron que teníamos que estar en la frontera de Honduras con Guatemala para hacer el recorrido que bien como ellos hacían.

Entonces, tuvimos que virar para atrás de nuevo y nos encontramos con una Van con otros veinte cubanos más. El viaje, atravesando Guatemala completo, duró 24 horas: salimos con ellos en la noche y llegamos a una finca en la noche del otro día. No pude dormir porque en la madrugada hacían unos ruidos los mismos animales que en Nicaragua; arriba de los árboles, era como marcando territorio, era espantoso. A las cuatro de la mañana tuvimos que irnos porque estaban muy, pero muy fuertes aquellos gorilas.

Nos montaron en un bote súper pequeño y estrecho a 18 cubanos y los demás en el otro bote. No veíamos nada, era totalmente oscuro, solo sentíamos el olor a mar y el sonido. Cuando amaneció, fue demasiado impactante ver como estábamos en el medio del mar infinito que apenas a los lados se veía la sombra de unas montañas y lleno de remolinos y cocodrilos. Dicen que es uno de los ríos más anchos y largos de América.

El coyote nos avisa que nos sujetáramos porque saltaríamos por una cascada grande, resulta que nos caímos, fue espantoso, al recordar ese momento siento malestar y tristeza. Vi como la mamá de mis cuñados se hundió la cabeza completamente en el agua y como todos gritaban de susto. Yo rajé en llanto, no por mí, sino por la desesperación de saber donde estaba, por todo lo que habíamos pasado; me sentí como la peor de las madres, fue un arrepentimiento de: "¡Ya no puedo más! ¡Me rindo!". El coyote se arrimó a la orilla y me miraba con cara de lástima, decía:

"Pobrecita". Y mi hija solo me tocaba la cara y me decía: "No llores mamá, yo soy fuerte".

A la orilla donde nos arrimamos para poder sacar el agua que nos había entrado, nos encontramos con un nido de cocodrilos (huevos). Uno de los coyotes agarró uno y rápido salimos de ahí antes que la mamá se diera cuenta.

México

Llegamos a México, nos llevaron para una cabaña aislada en el medio monte, sin camas ni nada para bazares. Puro monte, nos dijeron que estaríamos ahí solo un día. Yo me tuve que poner un pullover de mi esposo y recogerme el pelo con una gorra para parecer varón, nos habían comentado que en esta parte de México había muchas violaciones y secuestros, y delante de los mismos maridos y familias porque si no los mataban.

Entonces me fui a una parte de la finca donde había una señora mayor haciendo caldo de frijoles y el huevo de cocodrilo que habían agarrado, más otros huevos, y la mamá de mis cuñados y yo nos ofrecimos a ayudarla a repartir a todos aquellos cubanos. Al otro día llega otro coyote con tremenda mala forma a advertirnos como sería el procedimiento para sacarnos de ahí por grupos. Lo primero que nos dijo fue que nada de bultos, ni carteas, ni nada; simplemente vacíos y ligeros que esto no era turismo, esto era ilegal y había un promedio de correr en situación de encontrarnos con policías. Nosotros metimos el dinero dentro del pañal de la niña y se lo pusimos y por eso estábamos limpios, solo yo pedí que me dejaran llevar una cartera comando que ahí tenía por todo el viaje los papeles y el cuadro de mi abuela que era la que me protegía.

Nos separan a la familia, por suerte yo no solté a mi esposo y pudimos ir los tres juntos y los demás en otro carro. Eran carros de montañas fuertes, como de guerra, y corrían entre esos matorrales de noche como en las películas. En el camino nos encontramos a unos policías y aquel chófer ha corrido, pero más que fuerte, en mi vida había sentido tanta adrenalina, y por aquellos barrancos, oscuridad. Al otro carro lo cogieron y nosotros pudimos escapar. Al amanecer, nos dejó el carro tirados en una selva a la orilla de la carretera y nos dijo que esperáramos a un autobús grande normal, de personas del pueblo que viajaban, y a una señal para que nos montáramos, y, cuando entráramos, actuáramos normal porque había gente del pueblo e infiltrados, estaban regados y en el momento indicado ellos nos tocarían los hombros para bajar en la parada correspondiente.

Así fue, cuando llegó el bus, el chófer mismo abrió la puerta, vimos que no entraba nadie y supusimos que era nuestra señal. Nos sentamos dispersos y como a la media hora de camino nos tocan el hombro a cada uno y nos bajamos y nos montamos en unos taxis que nos estaban esperando. Los taxis nos llevaron a una de las casas de la dueña del cartel a quien habíamos contratado. La verdad, que a pesar de todo el corre corre, todo estaba muy pensado, todo salió perfecto. En la casa me dieron un cuarto con aire acondicionado, con televisor; estaban amigos de nosotros que habíamos hecho en el camino que también tenían niños, o sea, por un momento me sentí relajada dentro de tanta tensión.

Me di un baño perfecto y largo, después bajé a la cocina y ayudé a hacer la comida. Había pollo y arroz, no sabía desde cuando no comía así y con platanito, ¡ufff! También comía pan con mantequilla, leche para mi hija y, además, cualquier cosa que le pedía a la señora que atendía esa casa como, por ejemplo, chocolate para la leche de mi hija, pues también me lo conseguía; estaba en el paraíso.

Al otro día llega la dueña del cartel a presentarse y a explicar como sería el pago final y el último destino... ¡¡¡Sí, era mujer!!! Yo por mi esposo que me dijo que lo hiciera la pregunta si podían trasladar al resto de la familia a la casa para estar juntos, porque todos iríamos al mismo lugar y pues éramos familia. Ella me miró como diciendo "¿Quién eres tú para decidir?"; y me dijo: "Voy a ver que puedo hacer, pero recuerde que ustedes están pagando como vacas, porque si tuvieran el dinero para irse en avión pues sería más caro, así que absténganse a lo que pagaron". Y ahí empezó mi pesadilla. Supe que ya me había marcado y nada iba a terminar bien.

Otra cosa de la que se habló fue del pago. Serían 2.500 dólares por cada uno, pero el problema era que el que no lo tuviese en *cash*, o sea, que tendrían que transferírselos, sería por Wester Union y mínimo 500 dólares y diferentes personas; o sea, cinco personas por cada persona tenía que enviarnos. Imagínate que todo el dinero de nosotros estaba con la misma persona en Ecuador, de todos nosotros, cómo mi amiga encontraría a cinco personas para mandar un dinero a México cuando éramos siete, ella tendría que buscar a 35 personas, y obviamente, mientras más rápido mejor, porque nadie saldría de ahí sin pagar antes, y cuando nos demoraremos en pagar más de dos semanas pues nos pondrían a trabajar.

Al día siguiente nos vienen a buscar para llevarnos a mí, a mi esposo y a mi hija a la otra casa donde estaban los demás, y yo que pensaba que sería al revés, porque nosotros estábamos cómodos. Cuando llegamos a la casa y vimos en las condiciones en que estaba esa casa, donde solamente había una sola cama, un solo cuarto, las leyes no eran las mismas, la dueña de la casa era la hija de la jefa con el esposo, había mucho más régimen. Fue cuando yo empecé a estresarme mal, ya tenía los pelos de puntas. Fui para la cama y a las personas que estaban acostadas que eran dos parejas le dije que la única niña era mi hija, que me dieran la cama. Yo sé que lo dije en mala forma, pero es que yo ya no podía más. Las parejas me dijeron que sí, pero que una de las mujeres se quedaba porque no se sentía bien, o sea dormiríamos las tres. Y viene el esposo de la hija de la jefa con muy mala forma a gritarme y decirme que quien yo me creía, les dijo a los demás que estaban en la cama que volvieran a su sitio, que si yo quería que la niña durmiera con ellos, pero yo no, porque ellos llegaron primero que yo, y yo obviamente con el estrés que tenía más lo que estaba pasando, empecé a dar gritos y a decirle muchas cosas; y por ninguna razón dejaría que nadie durmiera con mi hija, que era justo que la única niña era la mía y se quedaba a dormir conmigo porque sí. Entre los gritos, salta por atrás la hija de la jefa como para ir para arriba de mí y gritarme cosas horribles, yo no aguanté más y casi que le caigo a golpes, pero mi esposo se metió en el medio y me dio un empujón que caí sentada en el piso, porque él sabía que si yo le daba a la estúpida esa, estaríamos muertos.

Me acosté finalmente en la cama porque los demás les dio pena y les dijeron a ellos que no importaba, que me daban la cama, y me pasé toda la noche y toda la madrugada llorando. Por supuesto, aparece al otro día la jefa y me dice un millón de cosas también y yo de nuevo protestando, ya no me importaba nada, ya no sabía ni lo que hacía. Al día siguiente, tirando la puerta, abre un hombre diciendo: "¿Quién fue la hija de la chingada madre que se atrevió a casi darle a mi hermana y a gritarle a mi mama?". Yo me asusté tanto que, casi me desmayo, y siento la voz de la mamá de mis cuñados gritando: "Ay no, no, no"; Yo dije: "Yo, ¿por qué?". En cuestiones de segundos mi esposo se para en el medio, entre él y yo, y le dice: "Yo soy el responsable, le juro que esto no va a pasar más". A mí los nervios me traicionaron y no paraba de hablar, yo le decía como un papagayo que lo volvería hacer si era necesario, que nosotros no éramos vacas que mi hija tan pequeña eso no se hace, y él saca una pistola y le da durísimo por el pecho a mi esposo y dice: "Contrólala, porque si me vuelvo a enterar, vengo sin hablar y te cojo a ti, a tu hija y a tu estúpida esposa y las desaparezco o las tiro por un barranco".

Estas palabras y este día a mí nunca, pero nunca en la vida se me van a olvidar. Quiero decir que, sin duda, fue el peor día de mi vida.

Como teníamos acceso a internet para comunicarnos con los familiares de los que tenían el dinero, ese día parece que todos los cubanos empezaron a chatear entre todas las casas que había y se convirtió tan popular lo que pasó ese día, que llegó a oídos de otros carteles y presionaron a la jefa a venir a pedirme disculpas y el hijo más nunca se acercaría ni haría más nada. Yo jamás me imaginé que pasaría eso. Llega la jefa, se sienta y me manda a llamar, porque yo no quería verles el rostro a ninguno de ellos, me la pasaba encerrada en el único cuarto. Ella, delante de todos, me pide unas disculpas que ella no sabía que su hijo actuaría así, yo le dije yo también actué así porque yo soy madre y no tenían porque maltratarnos de esa manera, y ella dijo: "Bueno, ya te pedí disculpas", (era como si la estuvieran obligando); y me pregunta: "¿Tú le escribiste a alguien lo que pasó ese día?, porque eso me perjudica a mí... ustedes son los que me dan de comer, que yo les doy techo, les doy comida y los ayudo a conseguir el sueño americano, así que dime si fuiste tú"; y yo le dije: "Usted cree que con la amenaza que ustedes me hicieron yo tengo ganas de escribirle a alguien eso"; y me viré y me fui. La escucho decir que ella iba a averiguar.

Vuelve en la tarde y descubre que había sido una de las muchachas que estaban en la cama cuando yo llegué, o sea, la jefa revisó y hackeo todos nuestros chats hasta describir la conversación y todo, pero resulta que ella fue la primera, pero no le podían hacer nada porque ella había empezado, pero todos también comentaron y escribieron; era inevitable, fue muy duro. Ella dijo que por favor no comentaran más nada y que se limitaran a escribir única y exclusivamente lo del dinero. O sea, ella estaba hasta amable, no lo podía creer, que al principio nos decía hasta vacas.

En la noche la hija de la jefa me trae una cajita de leche con chocolate para la niña y me dice que ella sabía que a mi hija le gustaba... ellos tenían un niño casi de la misma edad y me lo presentaron para que jugara con ella en el cuarto de ellos... ¡Yo estaba en un shock!! No sabía qué decir, no sabía qué hacer. Mi hija estuvo dos días con fiebre y me atendían como reina, me traían medicamentos y todo.

Pasaron ocho días y de momento vienen corriendo y le dicen a todos excepto a mí, a mi esposo, a la niña y la mamá de mis cuñados que nos quedáramos... y mis cuñados se fueron para el contenedor, la parte de atrás. Pero como a la hora entran y dicen gritando: "Vámonos, vámonos, la familia que recoja que se fueron". Yo no lo podía creer, finalmente era el día después de un mes y pico.

Cuando nos llevaron para el contenedor, escuchamos decir: "A la familia me la montan en la parte de adelante". Antes de irnos la hija me da una bolsa de galletas, leche, agua y jugo para la niña, y nos montan en la parte donde maneja el chófer, que hay cama y aire acondicionado... ahí. Cuando llevábamos un día de carretera, paramos en un tranque de contenedores, carros, etc., porque estaba la marcha de los estudiantes desaparecidos en México, diciembre de 2014, y pues, estuvimos encerrados ahí sin poder salir dos días, haciendo nuestras necesidades en bolsas ahí mismo adentro. Pero los demás iban peor, porque estaban atrás sin aire acondicionado todos apretados con un hueco solamente arriba y sin bolsas para poder hacer nada. Hubo como tres que hasta vomitaron y todo ahí entre ellos mismos.

Al salir del tranque, después de dos días parados el chófer recibe una llamada y solo escuchamos "Sí, sí, la familia está conmigo, todo bien"; y después me dice: "Quédense aquí, ahora vengo"; y me trae otra bolsa con galletas, leche, agua, pan, queso y jamón. Pero había que guardarlo, porque aún nos faltaban dos días más de camino. Imagínense, estuvimos cuatro días sin comer solo un bocadito. El chófer delante de nosotros ingería cocaína y le brindaba a mi esposo, y nosotros asombrados sin saber y mi esposo me decía: "¿Por qué tú crees que él está despierto cuatro días?".

Él nos explica, porque ya estábamos llegando a la frontera, que había tres retenes de policías. Que, en los dos últimos, era obligado bajar y bordear por la selva, y él nos recogería del otro lado. Entonces, el primero lo pasamos sin problemas, pero ya el segundo él pide que se bajen y a mí me dice: "Quédate tú con la niña y déjala atrás dormida", y yo pasarme para adelante para hacerme pasar por su mujer. Yo realmente ya estaba curada de espanto y me daba lo mismo ya lo que me pasara, estaba desahuciada. Entonces, pasamos, el policía nos para nos revisa con una linterna ve a la niña atrás dormida, él le da un dinero y nos dejó seguir, eso fue en plena madrugada. El chófer por suerte no me hizo nada, porque yo esperaba lo peor.

Paramos del otro lado a esperar a todos los que estaban dentro del contenedor y a los que estaban conmigo, en el otro camión había niños igual y los hicieron que se bajaran. Mi hija verdaderamente tiene una estrella que me la ilumina y me la salva. Mi esposo me cuenta que en la selva se perdieron y, como no podían gritar para llamar tuvieron que salir a como podían, y se cayeron en un hueco grandísimo. También me dijo que le tuvieron que dar unas pastillas para dormir a un niño, porque no paraba de gritar y de llorar y mi esposo ayudó a una muchacha con su hija porque no podía ni ver.

Cuando llegan, me preguntan como fue todo, ellos estaban muy asustados y yo divina. Se pusieron muy contentos y hablaban con el chófer. En el último reten, la mamá de mis cuñados, al saber que a mí no me había pasado nada, le pidió de favor que la dejara quedarse y el chófer le dijo que sí, y pues pasó lo mismo, todos se bajaron menos nosotras y los recogimos del otro lado.

Reynosa México (Frontera)

Cuando nos bajamos del camión, yo le di un beso y un abrazo fuerte al chófer y nos montamos en unos carros que nos llevaron a una casa. Nos reunimos con todos en la misma casa, junto a otros 80 cubanos que habían ya ahí. Nos dijeron que no era para quedarse, era poca la estancia para ir pasando de cinco en cinco para migración americana. Hubo unas personas que nos miraron y nos dijeron: "Whuaooooo si llego a saber eso, me fajo con toda la familia del cartel, porque vinieron como reyes"; pero nosotros lo tomamos en broma porque ya no valía la pena, ya estábamos en el final.

De momento, dos cubanos se pelean a los golpes en la terraza por la razón de salir primero. En fin, los coyotes los pusieron de últimos, empezaron a llegar los carros y a nosotros nos tocó el quinto carro como al mediodía. El chófer nos dice que nos soltaría en el parque que está frente por frente, y que nos mandábamos a correr hasta llegar a un puente con unas maniguetas donde teníamos que colocar 4 centavos mexicanos que ellos mismos nos dieron, pero, que una vez ahí, no nos desesperáramos porque ya estábamos en tierra americana y la Policía mexicana no nos podía atrapar. Cuando corrimos al puente, al colocar los centavos, se me caen, me pongo nerviosa y paso por encima de todos y los cinco nos quedamos mirándonos ya del otro lado hasta que empezamos a gritar y decir: "¡Síí, lo logramos!"; y nos abrazamos entre personas que ni nos conocíamos. Yo no sabía qué hacer, ni que decir, después de 41 días. El 11 de diciembre del 2014 a las 2 p. m. de la tarde estaba yo libre ya en Estados Unidos...

Cumpliendo el *Sueño Americano*.

Sobre el Autor

Nacida en el año 1989 del 6 de abril en la Ciudad de La Habana, Cuba, Ruby Gómez Valdés desde pequeña participaba en actividades actuando y bailando. Creció en el seno de una familia humilde y muy unida. Su sonrisa y alegría la caracterizan y ayudar a las personas la hace ser ella misma. Tiene una hermosa hija y, a pesar de haber sido madre a temprana edad (20 años), es una excelente madre y mantiene la tradición de tener a su familia unida. Es una persona ejemplo a seguir como su lucha por alcanzar lo que desea, cueste lo que cueste, por su desempeño, por su alegría y optimismo. Actualmente vive en Las Vegas, Nevada, EE. UU.

CPSIA information can be obtained
at www.ICGtesting.com
Printed in the USA
BVHW070619060421
604308BV00003B/370